# 똥 과학

## 똥으로 떠나는 과학 여행 ①

이울북

# 똥과학

## 똥으로 떠나는 과학 여행 ①

글 사니예 벤지크 칸갈, 제렌 코자크, 메르베 솔라크 아라바즈
그림 베르크 외즈튀르크 옮김 이정아

1판 1쇄 인쇄 2025년 1월 24일
1판 1쇄 발행 2025년 2월 19일

펴낸이 김영곤 펴낸곳 ㈜북이십일 아울북
콘텐츠TF팀 김종민 신지예 이민재 진상원 이희성
출판마케팅팀 남정한 나은경 최명열 한경화 권채영
영업팀 변유경 한충희 장철용 강경남 황성진 김도연
제작팀 이영민 권경민
편집 꿈틀 디자인 design S

출판등록 2000년 5월 6일 제406-2003-061호
주소 (우 10881) 경기도 파주시 문발동 회동길 201
연락처 031-955-2100(대표) 031-955-2709(기획개발)
팩스 031-955-2122 홈페이지 www.book21.com

ISBN 979-11-7117-997-8
ISBN 979-11-7117-996-1 (세트)

- 제조자명 : (주)북이십일
- 주소 : 경기도 파주시 회동길 201(문발동)
- 전화번호 : 031-955-2100
- 제조연월 : 2025. 2. 19.
- 제조국명 : 대한민국
- 사용연령 : 3세 이상 어린이 제품

글 **사니예 벤지크 칸갈·제렌 코자크·메르베 솔라크 아라바즈**

이 책의 작가들은 학생들로 가득한 대학 건물 안에서 아이들의 성장 과정을 유심히 살펴보고 있어요. 모두 뿡뿡 교수처럼 열심히 연구하고 있으며, 그 일을 무척 좋아하지요. 어른들이 아이들을 더 잘 이해하고 행복할 수 있도록 노력해야 한다고 생각해서, 어린이들이 까르르 거리고 킥킥 웃길 바라며 〈똥 과학〉, 〈똥 연구소〉, 〈똥 동물원〉을 썼어요.

그림 **베르크 외즈튀르크**

여러 학교에서 그림을 공부했고, 아주 오래전부터 그림을 그려서 언제 시작했는지 기억조차 나지 않을 정도예요. 수많은 어린이책에 그림을 그렸고, 지금도 어린이를 위해 그림을 그리고 있어요. 이 책에 똥 그림을 그리는 작업은 정말 즐거웠답니다.

옮김 **이정아**

이화여대 외국어교육과를 졸업하고 어린이책을 편집하다 그림책의 매력에 빠져 아이와 엄마가 함께 읽는 그림책들을 번역하는 일을 하고 있습니다. 옮긴 책으로는 『사랑하는 아들에게』, 『이쪽이야, 찰리』, 『아이다, 언제나 너와 함께』, 『블루버드』, 『낮잠 자기 싫어!』, 『롤라』, 『날개를 활짝 펴고』, 『나무 구멍 속에는 누가 살까요?』, 『굴 속에는 누가 살까요?』 등이 있어요.

똥 과학이 찾아옵니다!

세계를 뒤흔든 똥 과학

무슨 일이 일어났나요?
새로운 과학 분야가 생겨났다고요?

하수구에 사는 꼬마 똥이는 스스로에 대해 궁금한 것이 있어요.
여기서부터 모든 이야기가 시작되었지요.
"엄마 아빠, 우리는 어디에서 왔어요?"

엄마와 아빠는 어떻게 대답해야 할지 몰랐어요.
무척 당황했거든요.
"음, 얘야. 우선 조사를 해 보자꾸나."
아빠와 엄마가 똥이에게 말했어요.

얼마 지나지 않아 똥이의 엄마와 아빠는 이것저것 알아보기 시작했어요.
그러던 중, 온라인에서 뿡뿡 교수를 찾게 되었고,
바로 만나기로 약속을 잡았어요.

만나기로 약속한 바로 그날이 되었어요!

똥 과학
박물관

똥이 아빠와 엄마는 똥 박물관에 들어서서
주변을 둘러보았어요.
마침 앞쪽 연구실에 뿡뿡 교수님이 있는 것이 보였어요.

묽은 똥 공식 = Xdyzkmop342

굳은 똥 공식 = kyoptyzabbl

뿡뿡 교수님은 똥이의 아빠와 엄마를 자신의 연구실로 데려갔어요.
뿡뿡 교수님은 아빠와 엄마의 질문을 듣고나서
똥의 여행을 과학적으로 설명하기 시작했지요.

"똥의 여행은 음식을 먹는 것으로부터 시작해서
여러 가지 모험을 거치게 된답니다."

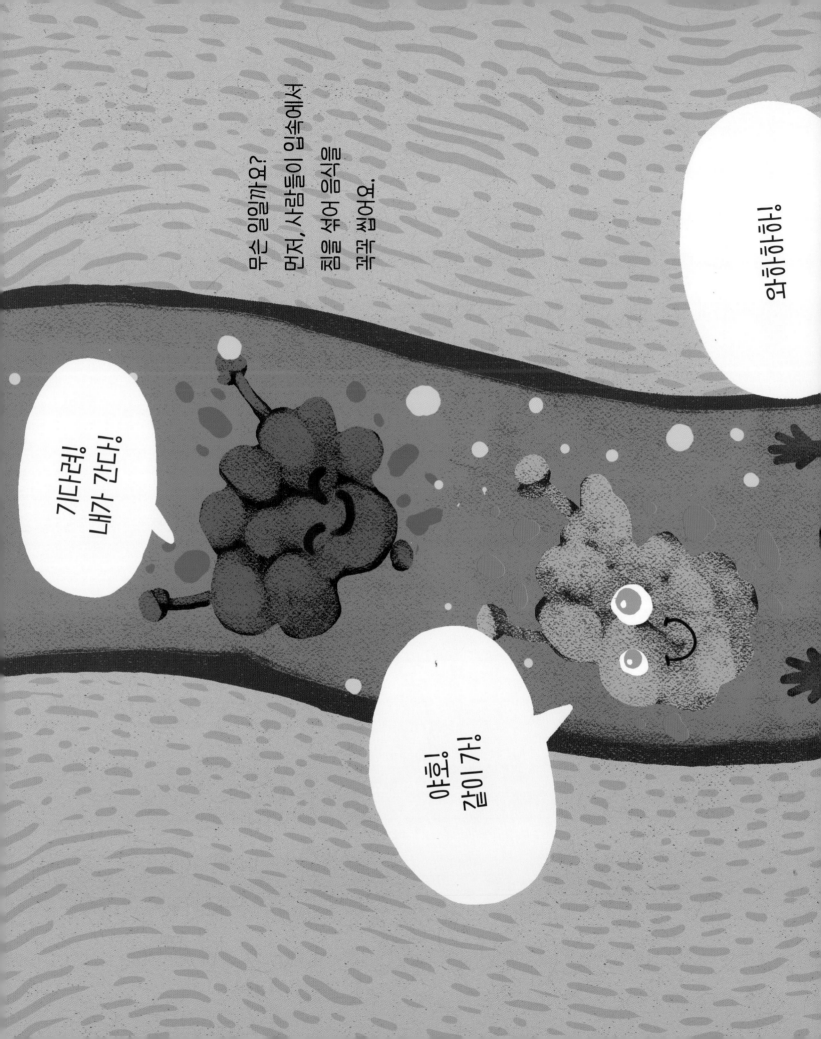

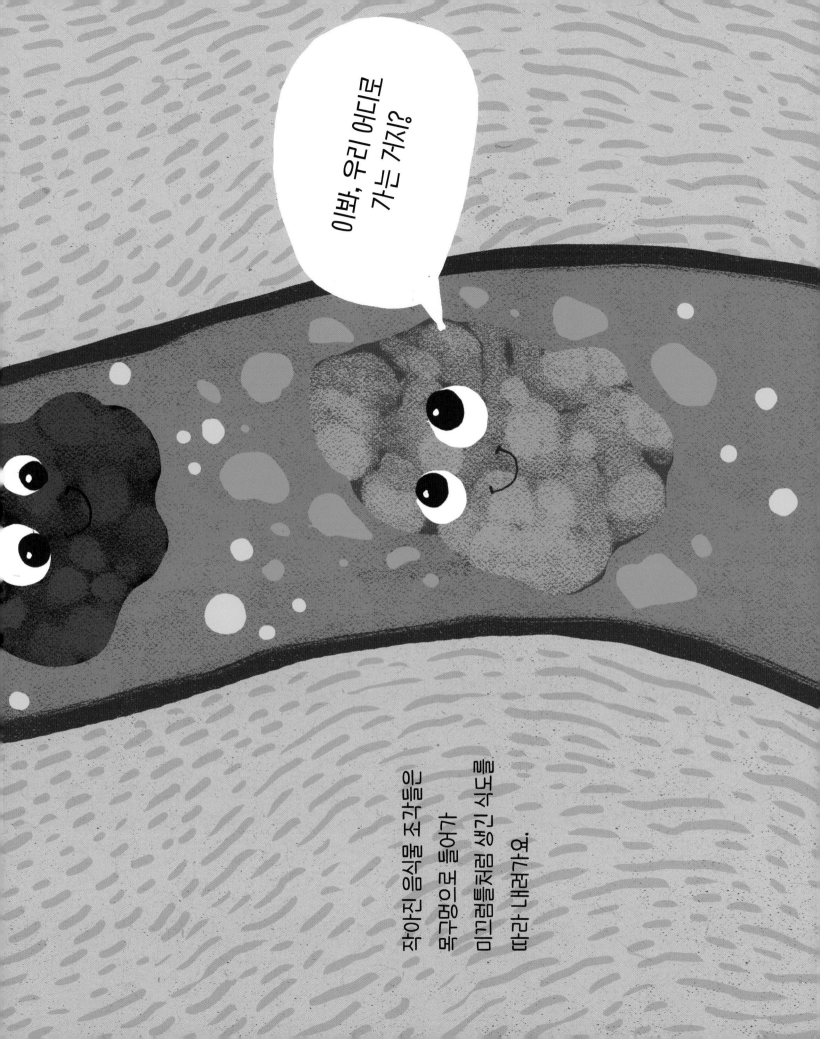

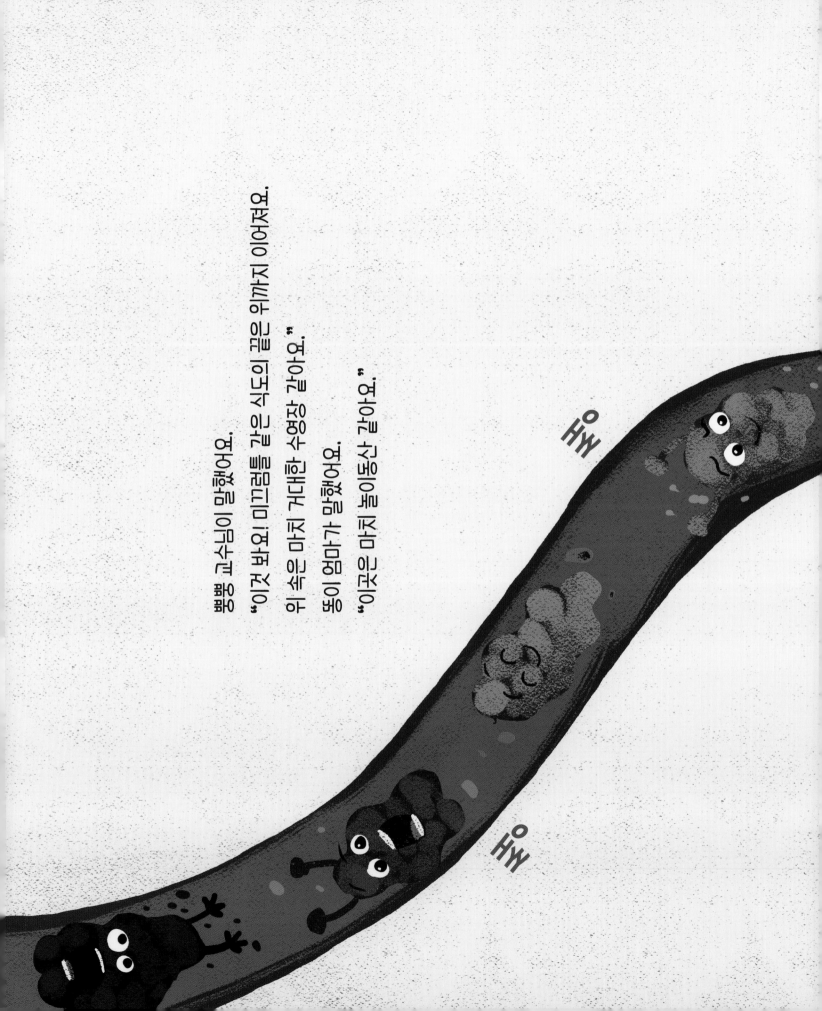

뽕뽕 교수님이 말했어요.
"이것 보아요! 미끄럼틀 같은 식도의 끝은 위까지 이어져요.
위 속은 마치 거대한 수영장 같아요."
똥이 엄마가 말했어요.
"이곳은 마치 놀이동산 같아요."

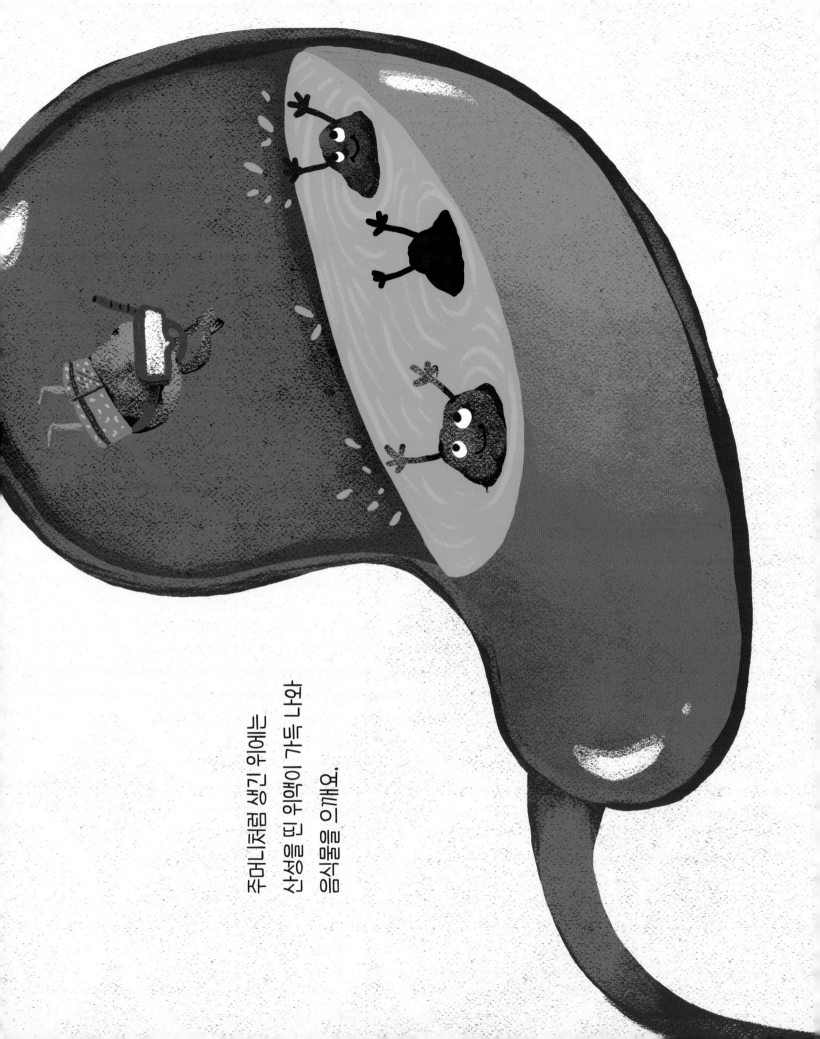

주머니처럼 생긴 위에는
산성을 띤 위액이 가득 나와
음식물을 으깨요.

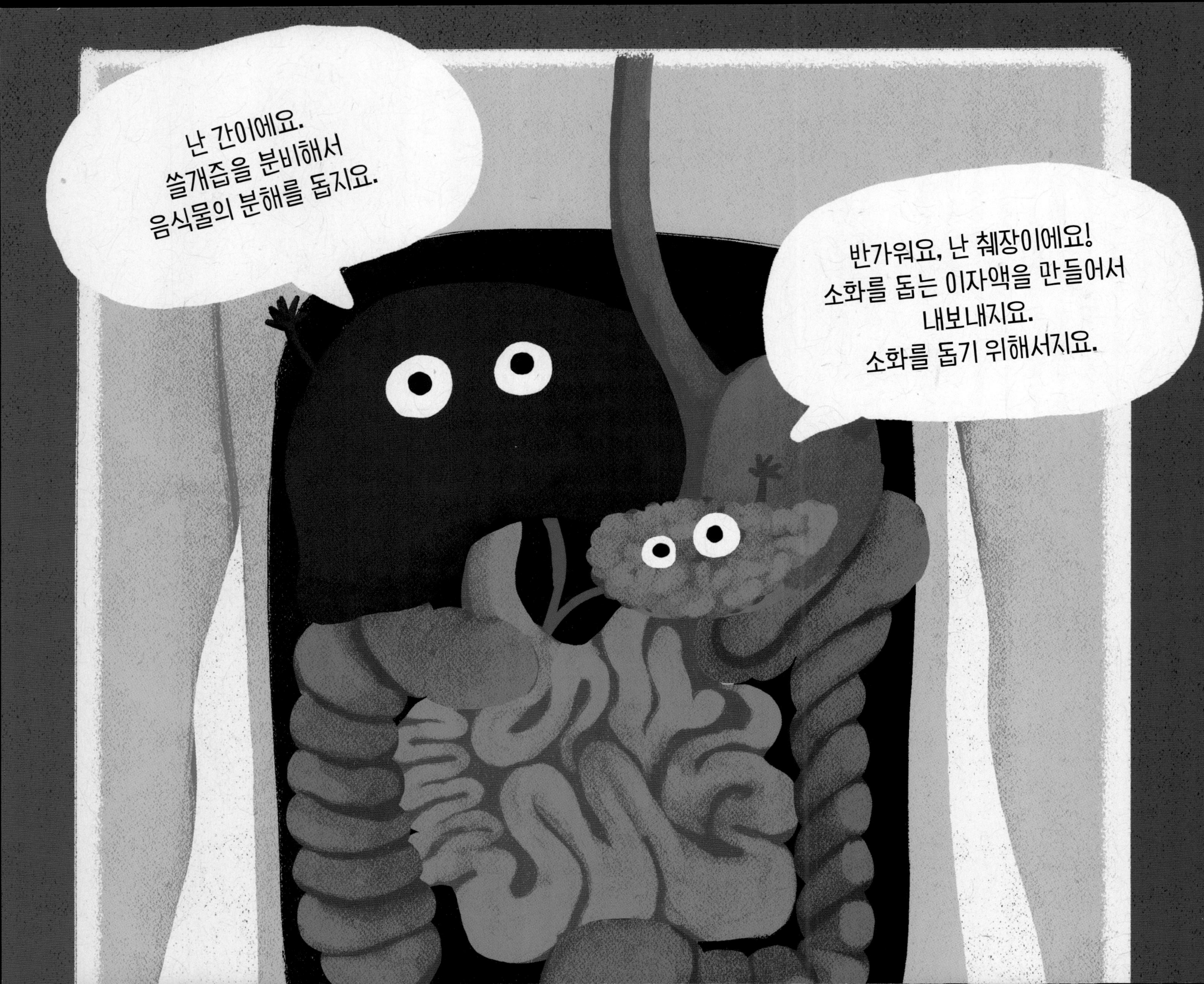
난 간이에요.
쓸개즙을 분비해서
음식물의 분해를 돕지요.
반가워요, 난 췌장이에요!
소화를 돕는 이자액을 만들어서
내보내지요.
소화를 돕기 위해서지요.

여행은 아직 끝나지 않았어요.
좁은 미끄럼틀이 하나 더 남았거든요.
뿅 교수님은 말했어요.
"여기서부터는 작은창자예요."
음식물이 위에서 작은창자로 가는 동안
간과 쓸개장에서 나온 소화액이
음식물의 소화를 돕지요.

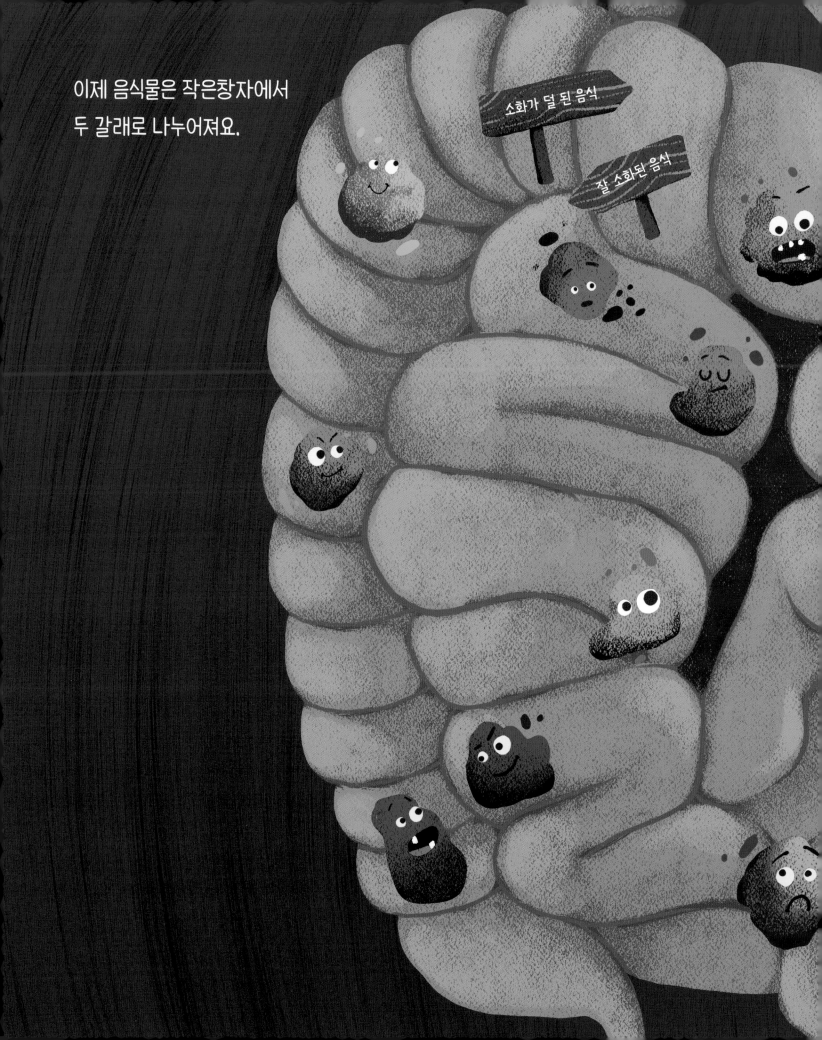

이제 음식물은 작은창자에서
두 갈래로 나누어져요.

소화가 덜 된 음식

잘 소화된 음식

소화가 덜 된 음식

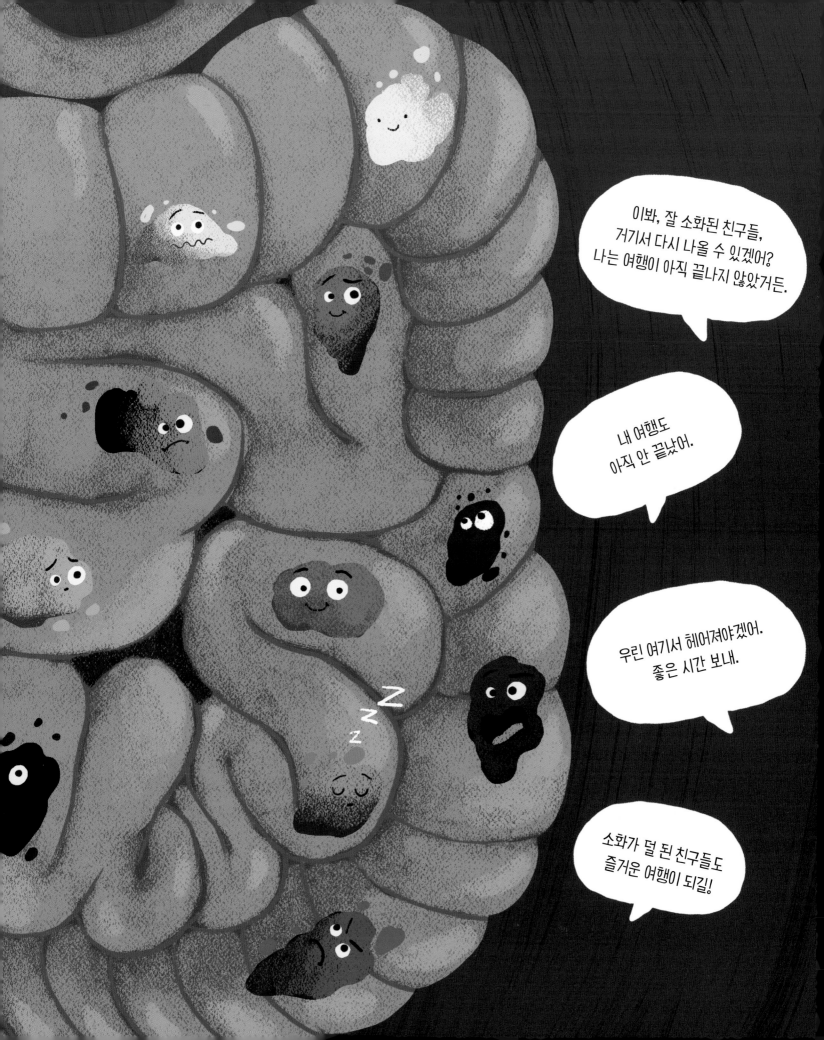

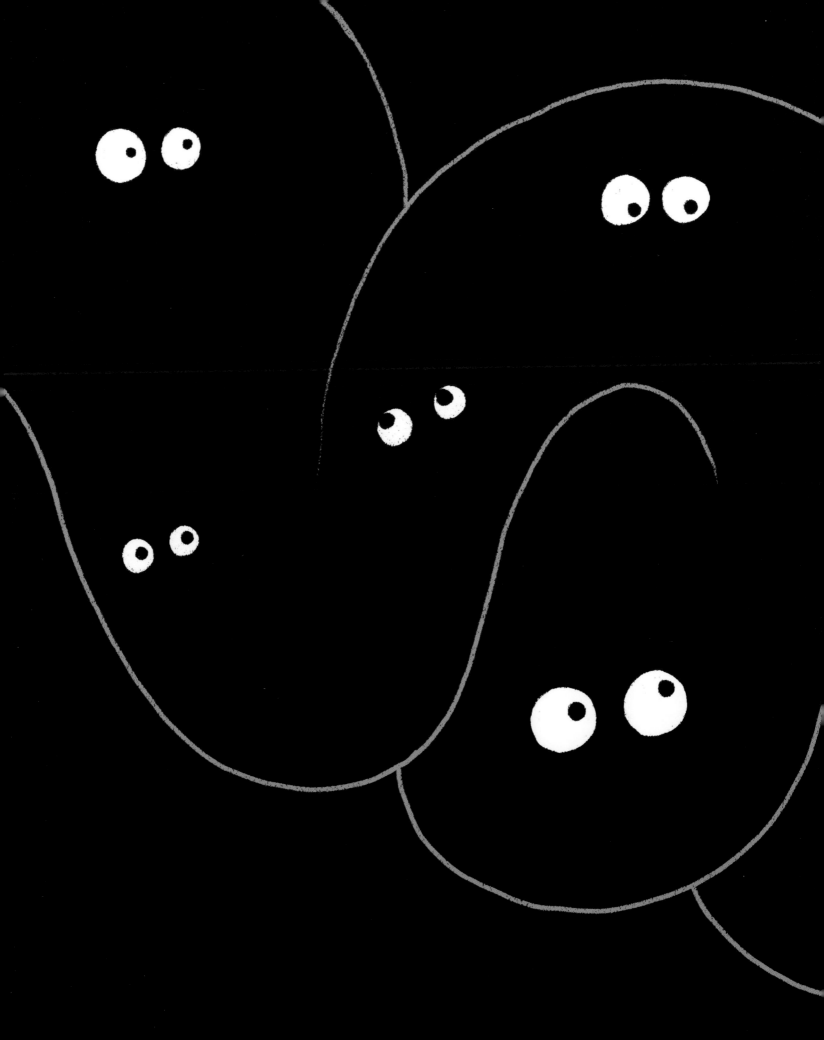

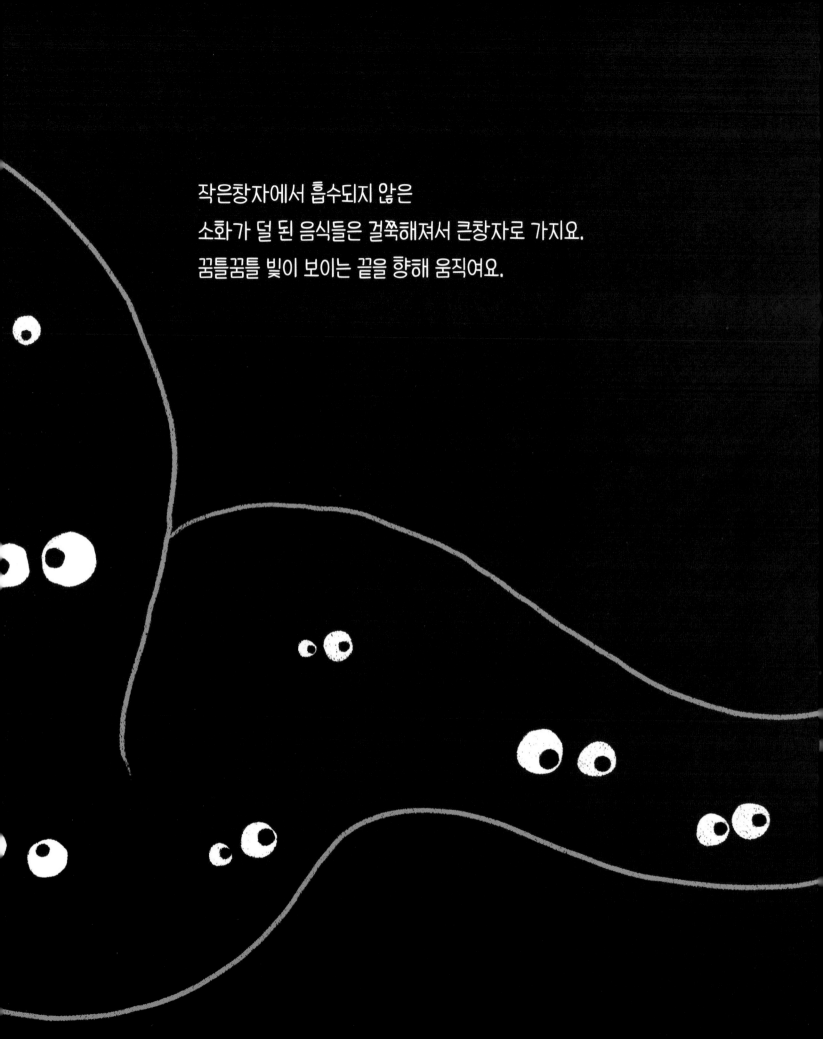

작은창자에서 흡수되지 않은
소화가 덜 된 음식들은 걸쭉해져서 큰창자로 가지요.
꿈틀꿈틀 빛이 보이는 끝을 향해 움직여요.

음식물 찌꺼기가 똥으로 변하는 순간이에요.
밖으로 나온 똥은 빙글빙글 도는 변기 물의
소용돌이 속으로 빨려 들어가요.

좌르르

그런 다음 똥은 물이 흐르는
긴 미끄럼틀을 다시 타고
흘러 내려가지요.

길고 긴 여행을 마친 똥은 친구들과 만나요.
똥들이 모여 사는 이곳을 하수구라고 부른답니다.

똥이 엄마가 말했어요.
"뿡뿡 교수님, 정말 과학의 새로운 한 분야를 만드셨군요!
교수님은 정말 천재예요."

그날 이후 똥 연구소가 설립되었어요.
전 세계에서 온 연구원들이 새로운 발견을 위해 이곳에서 일해요.
어떤 발견인지 궁금하다고요?
그럼, 뿡뿡 교수님과 연구원들이 기다리고 있는 똥 연구소로 오세요.

똥 연구소

# ⌂ the bears' school © BANDAI

## 일본 어린이들에게 사랑받은 그림책 시리즈!
### 꼬마 곰 재키와 11마리 오빠 곰들이 펼치는
### 장난스럽고 따뜻한 이야기

글 아이하라 히로유키  그림 아다치 나미  옮김 송지혜

각 권 36쪽 내외 | 각 권 15,000원

꼬마 곰 재키와 **유치원**       꼬마 곰 재키와 **빨래하는 날**

꼬마 곰 재키의 **빵집**        꼬마 곰 재키의 **생일 파티**

꼬마 곰 재키와 **자전거 여행**   꼬마 곰 재키의 **운동회**

아울북